Michael Petrowitz

Kung-Fu im Turnschuh

Mit Bildern von Markus Spang

Ravensburger Buchverlag

Bibliografische Information der Deutschen Nationalbibliothek:

Die Deutsche Nationalbibliothek verzeichnet diese Publikation
in der Deutschen Nationalbibliografie.
Detaillierte bibliografische Daten sind im Internet
über http://dnb.d-nb.de abrufbar.

Ravensburger Leserabe
© 2016 Ravensburger Buchverlag Otto Maier GmbH
Postfach 18 60, 88188 Ravensburg
Umschlagbild: Markus Spang
Konzept Leserätsel: Dr. Birgitta Reddig-Korn
Design Leserätsel: Sabine Reddig
Printed in Germany
ISBN 978-3-473-36494-7

www.ravensburger.de
www.leserabe.de

Inhalt

Gesucht: Meister Ming   4

Schuhe für Gewinner   9

Fisch ohne Wasser   20

Erste Lektion   32

Zweite Chance   44

Die Prüfung   48

Keine Angst vor schwierigen Wörtern! Sie werden dir im Glossar auf S. 56/57 erklärt.

Gesucht: Meister Ming

Habt ihr schon mal von den Shaolin gehört? – Nein? – Das sind Kung-Fu-Mönche. Sie leben in einem Kloster in China. Jeder von ihnen ist eine tödliche Kampfmaschine. Sie können Ziegelsteine mit der bloßen Hand zerschlagen, ganze Baumstämme mit ihrem Kopf zertrümmern und manche machen sogar einen Handstand auf nur einem Finger! Shaolin sind so gut wie unbesiegbar. Aber trotzdem prügeln sie sich eigentlich nie.

Ich bin genauso. Ich heiße Robin, werde bald zehn und halte mich meistens lieber zurück. Gut, ich bin noch kein richtiger Shaolin. Aber ich bin auf dem besten Wege einer zu werden. Der Grund dafür: Meister Ming. Eigentlich darf ich gar nichts über ihn erzählen. Die ganze Sache ist nämlich übergeheim. Aber Meister Ming ist verschwunden.

So einen Turnschuh-Shaolin zu finden, ist wirklich keine einfache Sache. Er ist winzig und hält sich meistens in einem Turnschuh auf. Ich hatte einfach nur Überglück.

Alles begann mit den neuen Air Cushion Pro Max. Diese Superschuhe brauchte ich wirklich dringend. Ich hatte bisher nur ein Paar alte, ausgelatschte Treter mit Klettverschluss. KLETTVERSCHLUSS!!! Kein Wunder, dass niemand merkte, dass ich eigentlich schon immer zu den Coolen gehörte.

„Was?!", schrie mein Vater. Die Leute im Schuhgeschäft drehten sich nach uns um. „100 Euro für ein lächerliches Paar Turnschuhe?"
„Sie kosten nur 99!", verbesserte ich ihn. „Außerdem sind das keine normalen Turnschuhe. Das sind Air Cushion Pro Max! Die tragen nur die Gewinner!"
Leider interessierte sich mein Vater nicht für die wirklich wichtigen Dinge in meinem Leben. Es war ihm offensichtlich pupsegal, denn er zog mich einfach aus dem Laden. Aber so schnell gab ich nicht auf. Ich brauchte diese Schuhe unbedingt. Ich spürte, dass diese Schuhe mein Leben verändern würden.

Auf der Fahrt nach Hause redete ich die ganze Zeit auf meinen Vater ein. Zuerst versprach ich ihm, mehr für die Schule zu üben, dann drohte ich ihm, dass ich ohne diese neuen Schuhe wahrscheinlich nicht mehr lange leben würde und schließlich bettelte ich nur noch, er möge mir die Air Cushion Pro Max doch bitte, bitte, bitte, bitte, bitteschön kaufen.

Zuhause hatte ich ihn dann endlich überzeugt. Mein Vater fand im Internet ein günstiges Angebot und bestellte mir meine Traumschuhe. Nun sollten bald alle erkennen, dass ich auch zu den Coolen gehörte.

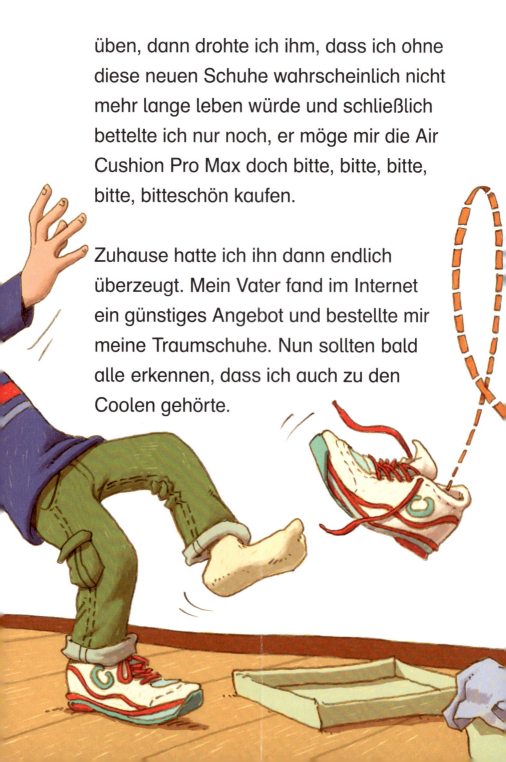

Schuhe für Gewinner

Am nächsten Tag wurde das Paket geliefert. Ich rannte sofort in mein Zimmer und riss es auf. Da lagen sie: Meine Air Cushion Pro Max, Größe 35, mit leuchtend roten Schnürsenkeln. Übercool! Ich nahm den rechten Schuh. Er passte perfekt. Dann wollte ich auch den linken anziehen. Aber als ich den Fuß bis zur Hälfte im Schuh hatte, zwickte mich etwas in den großen Zeh. Schockschreck! Ich ließ den Schuh fallen.

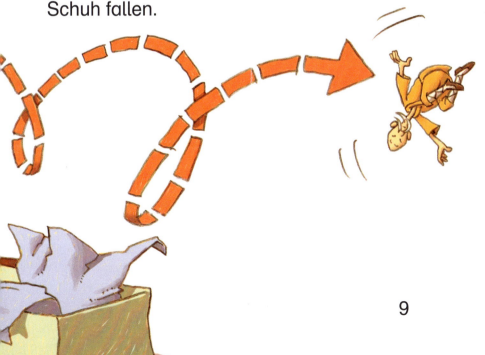

Irgendetwas purzelte heraus, wirbelte über den Boden und sprang dann mit einem Satz wieder zurück in den Schuh. Was war das denn, bitteschön? Etwa ein kleines aggressives Tierchen? Vorsichtig schaute ich nach. Nein, das war eindeutig kein Tier. In meinem linken Air Cushion Pro Max saß ein kleiner Mann! Er war nicht viel größer als ein Daumen, hatte eine Glatze, ein langes weißes Bärtchen und trug ein orangefarbenes Gewand.

„Äh ... Hallo?", sagte ich. Keine Reaktion.
„Was, was machen Sie da in meinem Schuh?", fragte ich.
„Meditation machen", antwortete er.
„Medi... was?"
„Me-di-ta-tion! Sitzen still und denken nichts", erklärte er.
„Und wer oder was sind Sie? Ein Werbegeschenk?", fragte ich.
„Quatsch! Ich Ming. Meister Ming! Großmeister aus Tempel von Shaolin."

Ein Shaolin? Ich erinnerte mich. Die Shaolin kannte ich aus dem Fernsehen. Aber der Typ in meinem Schuh sah eher aus wie aus einem Überraschungsei.
„Wenn Sie ein Shaolin sein wollen, wieso sind Sie dann so popelig?", fragte ich.
„Ich Turnschuh-Shaolin sein. Du kennen, ja?"

„Turnschuh-Shaolin? – Na klar. Kenne ich."
Ich ließ mir nichts anmerken, aber ich dachte: „Der Typ hat doch 'ne Macke. Turnschuh-Shaolin! Wo gibt's denn so was?"
Die ganze Sache wurde mir langsam zu blöde. Ich wollte endlich meinen linken Schuh anziehen.
„So, jetzt ist Schluss mit der Vorstellung, Herr Groß-Shaolin-Turnschuh-Meister", sagte ich. „Ich brauche jetzt meinen Schuh zurück."
Meister Ming rührte sich nicht.
Ich tippte ihn an. Er war ganz fest, wie aus Stein.
„Los, raus aus meinem Schuh!", befahl ich schon unfreundlicher.
Wieder keine Reaktion.

Na gut, Freundchen, dachte ich. Wer nicht hören will …

Ich griff in den Schuh und wollte ihn packen. Doch bevor ich ihn greifen konnte, legte er seinen Arm um meinen Zeigefinger. Dann ging alles blitzeschnell. Er wirbelte mich wie einen Turnbeutel durch die Luft. Ich knallte mit voller Wucht auf die Dielen.

Wwwwummmmm!

„Du Vorsicht! Turnschuh-Shaolin sein gefährlich!", warnte Meister Ming.
Ich konnte kaum glauben, dass dieser Winzling solche Kraft hatte.
„Was war das denn für ein Trick?", fragte ich.
Meister Ming lächelte: „Nicht Trick! Ist Schlangenhals-Wurf. Qin-Na. Spezialtechnik von Kung-Fu."
Ich rappelte mich wieder auf.
„Warum suchen Sie sich nicht einfach einen anderen Schuh?", fragte ich wütend.
„Andere Schuh? Meister Ming nicht wollen irgendeine Schuh. Wollen Air Cushion Pro Max. Schuh für Gewinner!", sagte er. Und wo er Recht hatte, hatte er Recht.
Meister Ming wurde ernst: „Hören zu! Du niemand erzählen von Meister Ming!"

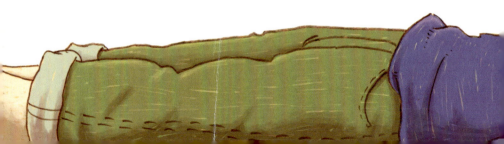

„Warum denn nicht?", fragte ich.
„Meister Ming kein Visum. Und wenn Presse hören, alle wollen sehen Meister Ming. Turnschuh-Shaolin sehr selten! Immer geheim!"
„Ist doch nicht mein Problem", antwortete ich. „Ich rufe jetzt die Polizei." Gerade wollte ich das Telefon holen, da rief Meister Ming: „Stopp! Meister Ming klein-klein und schnell-schnell. Immer verstecken gut. Dann niemand glauben dir. Alle denken, du verrückt!", säuselte er.

In diesem Moment betrat meine Mutter, die immer über jeden Pups aus meinem Leben Bescheid wissen will, das Zimmer.
„Mit wem redest du?", fragte sie.
Ich schaute zu Meister Ming. Der duckte sich und presste seinen Zeigefinger gegen die Lippen.
„Ich, ich … ich habe mit meinem Turnschuh gesprochen", erklärte ich ihr. Sie schaute mich verwundert an.
„Mit deinem Turnschuh?"
„Ja … mit dem linken."
Meine Mutter nickte, obwohl sie überhaupt nichts verstand. „Okay, dann sag deinem Turnschuh Gute Nacht! Du musst morgen früh zur Schule."

Als meine Mutter das Zimmer wieder verlassen hatte, fragte mich Meister Ming: „Wann morgen Schule?"

„Um acht."

„Gut. Du bringen Meister Ming in Schule!", befahl er mir.

„Auf gar keinen Fall!", entgegnete ich ihm. „Was wollen Sie überhaupt in meiner Schule?"

„Meister Ming haben Auftrag", antwortete er. „Meister Ming müssen finden neuen Schüler. Müssen lehren die Kunst von Shaolin-Kung-Fu. Sonst Meister Ming müssen bleiben in Turnschuh für immer."

„Aha, aber wenn Sie einen Schüler gefunden haben, dann räumen Sie den Schuh?"

Der Meister nickte. „Aber Meister Ming nicht nehmen irgendeine Schüler. Müssen finden gute Schüler."

„Und so lange darf ich nur meinen rechten Air Cushion Pro Max anziehen, oder wie?"

„Du sein kluger Junge. Und jetzt schlafen!

Morgen früh Schule!", sagte der Meister, machte es sich auf der Innensohle meines neuen Schuhs bequem und schnarchte kurz darauf wie ein Hamster mit Schnupfen.

Fisch ohne Wasser

Am nächsten Morgen hatte ich den Air Cushion Pro Max am rechten und den alten Treter mit Klettverschluss am linken Fuß. Der linke Air Cushion Pro Max mit Meister Ming war sicher in meinem Schulranzen versteckt.

Ich war fest davon überzeugt, dass Meister Ming in meiner Klasse einen passenden Schüler finden würde. Timmy zum Beispiel. Er ist der sportlichste Junge der ganzen Klasse und so beliebt, dass alle mit ihm befreundet sein wollen.

Oder Ramon. Der ist zwar ein Ekel, dafür aber der Stärkste von allen. Außerdem fehlt ihm ein Stück vom Schneidezahn, was übergefährlich aussieht.

Oder vielleicht Emma. Die schreibt nur Einsen. Außerdem ist sie ein Mädchen. Und Lehrer haben Mädchen immer lieber als Jungs.

Und sobald Meister Ming seinen Schüler gefunden hätte, könnte ich endlich auch meinen linken Air Cushion Pro Max anziehen.

Kaum hatte ich die Klasse betreten, flog mir ein angebissener Apfel an den Kopf. Meine Klassenkameraden warfen gerne mit Müll – vor allem auf mich. Aber ich hatte gelernt mich zu ducken. So traf mich an diesem Morgen nur noch eine Bananenschale. Es war also eigentlich ein guter Morgen.

Ich wischte mir die Obststückchen aus den Haaren und setzte mich auf meinen Platz. Leider bemerkte ich zu spät, dass meine Mitschüler mal wieder die Schrauben am Stuhl gelockert hatten. Ich landete auf dem Boden. Alle lachten.

Gerade als ich meinen Stuhl wieder zusammensetzen wollte, rief Ramon hämisch: „Hey, seht mal,

der Robin! Der Idiot hat zwei verschiedene Schuhe an!"

Es dauerte nicht lange, da stand die halbe Klasse um mich herum.

Timmy fragte: „Wieso hast du nur einen neuen Schuh?"

Bevor ich antworten konnte, rief Ramon: „Ich wette, der hat nicht genug Geld gehabt, um sich zwei Schuhe zu kaufen."

„Vielleicht hat er den Air Cushion Pro Max auch geklaut", sagte Consti.

Und als irgendjemand vorschlug, einen Wohltätigkeitsbasar für mich zu veranstalten, hatte ich genug.

„Nein!", schrie ich wütend. „Ich habe nicht nur einen Air Cushion Pro Max!"

„Lügner!", zischte Ramon.

Ich schäumte innerlich vor Wut. Aber ich sah, dass auch die anderen mir nicht glaubten.

Ich wollte ihnen den linken Air Cushion Pro Max nur ganz kurz zeigen – höchstens zwei Sekunden. Es sollte alles so schnell gehen, dass Meister Ming gar nichts merken würde. Nur deshalb öffnete ich meinen Ranzen.

Jetzt konnten alle sehen, dass ich doch einen zweiten Air Cushion Pro Max hatte. Aber bevor ich den Ranzen wieder schließen konnte, grapschte Ramon hinein und griff sich den Schuh. Ich sah nur noch, wie Meister Ming mich entgeistert anstarrte. In diesem Moment merkte ich, dass ich großen Mist gebaut hatte.
„Gib den Schuh sofort wieder her!", brüllte ich Ramon an.
„Hol ihn dir doch", antwortete er und hüpfte durch den Klassenraum wie ein Frosch, der Knallerbsensuppe gegessen hat.
Ich sprang hinter ihm her und versuchte den Air Cushion Pro Max zu fassen. Aber immer, wenn ich ganz nah dran war, hüpfte Ramon einfach wieder hoch. Dabei rief er: „Komm, Häschen, hüpf! Und hol dir dein Möhrchen!"
Die ganze Klasse lachte.

In einem günstigen Moment bekam ich den Schuh zu fassen. Ich griff zu und wollte ihn sofort an mich reißen. Aber Ramon hielt ihn fest. Jetzt zerrten wir beide an dem Schuh. Ich sah noch, wie Meister Ming seinen Arm um Ramons Zeigefinger legte, so wie er es am Abend zuvor bei mir getan hatte. Dann wirbelte er ihn wie einen nassen Sack durch die Luft. Wwwummm. Ramon landete hart auf dem Boden. Alle waren mucksmäuschenstill und starrten mich an. Ich griff schnell nach meinem Ranzen, steckte den linken Air Cushion Pro Max wieder hinein und rannte aus der Klasse.

Mein Lieblingsversteck war auf dem Klo. Dort wollte ich warten, bis sich die Lage wieder beruhigt hatte. Meister Ming schaute mich an und fragte: „Warum dich alle behandeln schlecht?"

„Naja", sagte ich. „Die haben einfach noch nicht gecheckt, dass ich auch cool bin. Und schuld daran sind eigentlich Sie! Ihretwegen musste ich zwei verschiedene Schuhe anziehen."

Meister Ming schüttelte nur den Kopf.
„Meinen Sie, dass Sie in meiner Klasse einen passenden Schüler finden werden?", fragte ich.
„Meister Ming haben schon gefunden Schüler", antwortete er.
„Super! Dann geben Sie mir jetzt endlich meinen linken Air Cushion Pro Max!"
„Nein. Schuh bekommen erst, wenn Schüler bestanden Prüfung."
„Ach, eine Prüfung muss der Arme auch noch bestehen? Wer ist denn der Auserwählte?"
Meister Ming zeigte auf mich: „Robin! Du sollen sein mein Schüler."
„Ich?", fragte ich verwundert. „Sie wollen mich?"

Ich dachte erst, dass er sich einen Scherz erlaubte.

„Warum nehmen Sie nicht jemand anderen? Die sind doch alle viel besser als ich."

„Schüler von Kung-Fu müssen sein wie Fisch ohne Wasser", erklärte der Meister. „Heute nach Schule erste Training."

Ich verstand zwar nicht, warum er mich mit einem Fisch verglichen hatte. Aber ich wollte die Sache einfach ratzfatz durchziehen, um endlich meinen linken Air Cushion Pro Max zu bekommen.

Auf dem Schulhof stürmten Timmy und ein paar andere aus meiner Klasse auf mich zu. Ich duckte mich schnell. Ich dachte, dass sie wieder irgendeinen Blödsinn mit mir vorhatten.

„Mann, das hätte ich dir nie zugetraut", sagte Timmy. Und Consti klopfte mir auf die Schulter und meinte: „Wurde Zeit, dass dem Ramon mal einer zeigt, wo's langgeht."

Offenbar war Meister Ming unerkannt geblieben und alle glaubten nun, dass ich Ramon auf die Bretter befördert hatte. Und obwohl ich es gar nicht gewesen war, fühlte ich mich auf einmal sehr stolz.

„Hast du Lust, heute Nachmittag mit uns ein paar Körbe zu werfen?", fragte Timmy. „Klar. Wann und wo?", antwortete ich lässig, ohne mir anmerken zu lassen, dass ich am liebsten vor Freude in die Luft gesprungen wäre.

„Um drei auf dem Spielplatz", sagte Timmy.

„Perfekt", antwortete ich.

„Da ist aber noch eine Sache", sagte Timmy. „Komm bitte nicht mit diesem Gammelschuh, okay? Wir haben immer viele Zuschauer. Und wir wollen uns nicht blamieren. Wäre cool, wenn du deine neuen Air Cushion Pro Max anziehst. Aber beide!"

Erste Lektion

„Lektion eins", sagte Meister Ming. „Ma-Bu, der Reiterstand."
Das Training mit Meister Ming war eine Tortur. Dieser Ma-Bu machte für mich nur Sinn, wenn man sich nicht auf dreckige Schulklobrillen setzen wollte. Aber was das mit Kung-Fu zu tun haben sollte, verstand ich nicht.
„Zeigen Sie mir lieber ein paar dieser coolen Tritte und Sprünge, so wie bei den Shaolin im Fernsehen!"

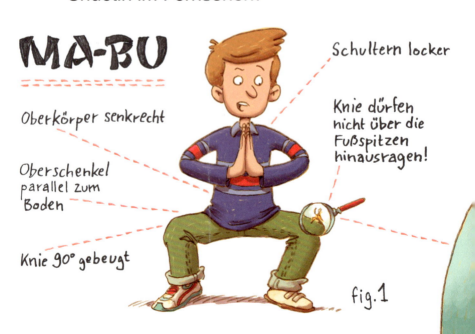

MA-BU
Oberkörper senkrecht
Oberschenkel parallel zum Boden
Knie 90° gebeugt
Schultern locker
Knie dürfen nicht über die Fußspitzen hinausragen!
fig. 1

„Du Anfänger! Du erst lernen Ma-Bu. Nur wer können stehen richtig, können kämpfen richtig!"
„Aber das nervt", sagte ich und schaute auf die Uhr. In einer halben Stunde war ich mit den anderen verabredet. „Kann ich nicht endlich diese Prüfung machen? Vielleicht so in zehn Minuten?"
Der Meister schüttelte den Kopf.
„Niemals, du weiter üben Ma-Bu."
Mir wurde klar, dass ich diesen Minimönch auf irgendeine andere Art und Weise ausschalten musste, um pünktlich mit beiden Air Cushion Pro Max auf dem Spielplatz zu sein.

Auf einmal hatte ich die Idee für einen genialen Plan. Unter dem Vorwand, mal aufs Klo zu müssen, machte ich mich sofort ans Werk. Ich benötigte nur ein Stück Papier, eine Schere und eine leere Flasche mit Schraubverschluss. Damit bastelte ich mir eine Turnschuh-Shaolin-Falle.

„Wenn Sie auf dem Boden stehen, kann ich Sie nicht so gut verstehen", sagte ich zu Meister Ming, als ich wieder ins Zimmer kam. „Können Sie sich nicht auf dieses Podest stellen?"

Ich bot ihm die Flasche an, die ich so genial präpariert hatte.

Der Meister nahm kurz Anlauf und sprang gutgläubig auf das „Podest". Als er auf dem Papierboden landete, fiel er – schwupps – in die Flasche. Ich schraubte sie schnell zu.

Aus der Flasche würde er so schnell nicht wieder herauskommen.
„Bleiben Sie ganz ruhig! Ich hole Sie da nachher wieder raus. Und den Air Cushion Pro Max bringe ich auch wieder zurück. Versprochen!"
Dann schob ich die Flasche unter mein Bett und raste zum Spielplatz.

Timmy und die anderen warteten schon.
„Dann lass mal sehen, ob du in deinen neuen Superschuhen auch einen Korb triffst!", rief Timmy und warf mir den Ball zu. Ich wollte ihn fangen, aber der Ball kullerte mir einfach so aus den Händen. Überpeinlich!
„War nur aus Versehen", erklärte ich kurz, griff mir den Ball wieder und dribbelte ein paar Schritte.
„Dein Schuh ist auf", bemerkte Consti.
Ich hockte mich hin, um den Schuh zu binden. Meine Air Cushion Pro Max, die Schuhe für Gewinner! Dank dieser Superdinger hatten die anderen endlich gecheckt, dass auch ich zu den Coolen gehörte. Als ich wieder hochkam, gefror mir das Blut in den Adern.
Ich sah die
666er Bande.

Die 666er Bande besteht aus sechs Jungs, die alle in der sechsten Klasse sind. Jeder von ihnen hat mindestens eine Sechs auf dem Zeugnis. Sie haben keinen Respekt vor nichts und niemandem. Und wer sich mit ihnen anlegt, endet als Hackfleisch. Der Chef der 666er Bande heißt Rodeo und ist der große Bruder von Ramon.

Die 666er näherten sich unserem Spielfeld. „Mist!", rief Timmy. „Ich habe total vergessen, dass ich noch mit dem Hund Gassi gehen muss."
Er nahm schnell den Ball und ging zu seinem Fahrrad. Sofort verkrümelten sich auch Consti und Karl. Ich blieb allein zurück.

„He, du Furzboje!", brüllte Rodeo und lief auf mich zu. „Was machst du in unserem Revier?"
Ich wollte antworten: „Mach 'ne Fliege!" Aber ich entschied mich dann doch lieber für: „Oh, tut mir leid. Ich wollte gerade gehen."
Ich versuchte mich auch zu verkrümeln, aber die 666er stellten sich mir in die Quere.
„Ist das der Idiot, über den du heute früh gestolpert bist?", fragte Rodeo seinen Bruder Ramon.
„Ja", antwortete Ramon. „Das ist der Nichtskönner."
Rodeo musterte mich.
„Schicke Schuhe", zischte er durch die Zähne.
„Danke", flüsterte ich ganz leise, obwohl ich schon ahnte, dass es kein Kompliment sein sollte.

„Echte Air Cushion Pro Max? Die sind aber nur für Gewinner!", sagte Rodeo. „Ich denke, genau meine Größe. Zieh sie mal aus!"
Ich schüttelte den Kopf: „Nein, ich …"

Rodeo schubste mich mit solch einer Wucht, dass ich mindestens zehn Meter nach hinten flog und knallhart auf meinem Hintern landete.

Dabei muss mir dann eine Fliege oder ein Sandkorn ins Auge geflogen sein.
„Haha!", lachte einer von den 666ern. „Der Kleine heult ja!"
Ich wollte nicht heulen, aber die Tränen liefen einfach so.
Mir blieb nichts anderes übrig, als meine Air Cushion Pro Max auszuziehen. Ich wollte ja nicht, dass die 666er mich zu Hackfleisch verarbeiten.
„Oh, die schenkst du mir?", sagte Rodeo und tat dabei ganz überrascht. „Das ist aber nett von dir. Vielen Dank!"
Er riss mir meine Air Cushion Pro Max aus der Hand und zwängte seine viel zu dicken Füße hinein.
„Passt!", sagte er zu seiner Bande und schrie mich an: „Und du haust jetzt ab!"
So musste ich auf Socken nach Hause laufen.

Zuhause schlich ich mich schnell in mein Zimmer. Ich wollte nicht, dass meine Eltern merkten, dass man mir meine neuen Turnschuhe geklaut hatte. Ich hatte ja keine Beweise. Rodeo würde behaupten, dass ich ihm die Schuhe geschenkt hatte und die ganze 666er Bande würde die Lüge als Wahrheit bezeugen.

Der Einzige, der mir jetzt noch helfen konnte, war Meister Ming. Ich hatte ein überschlechtes Gewissen, weil ich ihn in die Falle gelockt und eingesperrt hatte. Jetzt wollte ich den Meister so schnell wie möglich aus seinem Gefängnis befreien. Aber als ich unter dem Bett nachsah, war die Flasche zerbrochen. Von Meister Ming keine Spur.

Ich suchte ihn im ganzen Zimmer. Aber Meister Ming war nirgends zu finden.
Ich überlegte. Natürlich! Es gab nur einen Platz, an dem er sein konnte.
„Hast du meine alten Treter gesehen?", fragte ich meine Mutter.
„Die habe ich in den Sack zur Altkleidersammlung getan. Jetzt, wo du deine neuen Superschuhe hast, brauchst du die alten ja nicht mehr."

Zweite Chance

Ich rannte so schnell ich konnte auf die Straße. Zum Glück stand der Sack noch an der Altkleidertonne. Ich riss ihn auf und kramte meine alten Treter heraus. Und richtig, im linken Schuh saß Meister Ming und meditierte.

„Es tut mir echt leid!", sagte ich.
„Wo mein Air Cushion Pro Max?", fragte der Meister. „Du versprochen bringen zurück!" Ich erzählte Meister Ming alles, was passiert war. Meister Ming sagte: „Es nur geben eine Lösung! Du müssen holen Schuh zurück."

„Aber wie soll ich das machen? Die 666er sind groß und stark und viele", erklärte ich ihm. „Könnten Sie das nicht wieder mit ihrer Spezialtechnik klären?"
„Nein! Du seien Schüler! Du müssen erledigen selber!"
„Aber die machen Hackfleisch aus mir."
„Weil du nicht können Kung-Fu."
Da hatte er leider mal wieder Recht.
„Geben Sie mir noch eine Chance?", fragte ich.
„Meister geben Chance. Jetzt du müssen lernen Geheimnis von Kung-Fu."

Und so nahm ich das Training bei Meister Ming wieder auf. Jeden Morgen und jeden Abend stand Meditation auf dem Plan. Ich hätte nie gedacht, dass es so schwer sein kann, still zu sitzen und nichts zu denken. Aber ich wurde von Tag zu Tag besser.

Auch das Stehen in Ma-Bu fiel mir von Mal zu Mal leichter.

Immer, wenn ich müde wurde und aufhören wollte, sagte Meister Ming: „Du konzentrieren auf Ma-Bu! Konzentrieren, dass Wurzeln wachsen aus Fußsohlen!" Und das tat ich. Schließlich weihte mich Meister Ming auch noch in den berüchtigten Schlangenhals-Wurf ein.

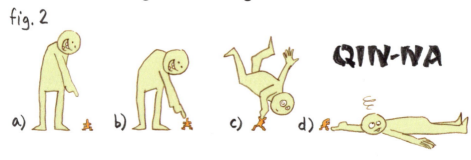

fig. 2

„Warum tun Sie das alles für mich?", fragte ich den Meister in einer Trainingspause.
Er seufzte nur: „Meister Ming früher gleiche Problem wie Robin. Turnschuh-Shaolin auch schlecht behandelt und ausgelacht, weil klein-klein."
Ich hatte verstanden, dass wir beide das gleiche Schicksal teilten. Von nun an trainierte ich nicht mehr nur für mich. Ich trainierte auch für Meister Ming.

Die Prüfung

Als ich ein paar Wochen später neben dem Basketballplatz trainierte, sah ich die 666er Bande kommen. Rodeo hatte meine Air Cushion Pro Max an den Füßen. Da ihm die Schuhe offensichtlich zu klein waren, humpelte er wie ein alter Opa.

Die Jungs der 666er Bande hatten Timmy und die anderen bereits verjagt, als ich den Basketballplatz betrat. Ich ging direkt auf Rodeo und die anderen zu.

„He, Rodeo!", rief ich. „Du gibst mir sofort die Schuhe zurück!"

„Ha, der Kleine hat auf einmal eine große Klappe!", sagte Rodeo und glotzte besonders grimmig.

Wieder umringten mich die 666er Jungs.

„Hast wohl Lust auf eine Runde ‚Sechs gegen Einen', was?", lästerte Rodeo.

„Nein", antwortete ich ruhig. „Ich möchte einfach nur die Schuhe zurückhaben. Den Rechten kannst du von mir aus behalten. Aber den linken musst du mir wiedergeben."

Rodeo lächelte ein falsches Lächeln und sagte: „Ich glaube, du hast es noch nicht kapiert. Der Air Cushion Pro Max ist ein Schuh für Gewinner. Und du bist das Gegenteil von einem Gewinner. Du bist ein elender Loser!"

Ich schaute Rodeo fest in die Augen. „Schuhe für Gewinner? – So ein Quatsch! Das sind ganz normale Turnschuhe. Aber es sind meine Schuhe. Und deshalb wirst du sie mir wiedergeben."

Rodeo trat ganz dicht an mich heran und zischte: „Hör zu, du Zipfel! Ich zähle jetzt bis drei. Wenn du dann nicht verschwunden bist, machen wir Hackfleisch aus dir!"

Ich blieb ruhig und rührte mich nicht vom Fleck. Rodeo begann zu zählen: „Eiiiiins."
Es wurde plötzlich ganz still um uns herum.

„Zweeeeeiii."

Rodeo atmete wild und kräftig wie ein Stier, kurz bevor er den Torero angreift.

„Und … drei! – Du hast es so gewollt!"
Ich hatte inzwischen den Ma-Bu, den Reiterstand eingenommen. Ich stand

breitbeinig und tief und dachte daran, dass nichts und niemand mich umwerfen könnte. Und ich spürte ein eigenartiges Prickeln in den Fußsohlen, wie ich es noch nie zuvor gespürt hatte.

Rodeo schubste mich. Aber er prallte an mir ab, wie ein feuchter Kloß am Trampolin. Er nahm Anlauf und versuchte es noch ein paar Mal. Und obwohl auch die anderen von der 666er Bande begannen, mich zu schubsen, stand ich fest, wie mit dem Erdboden verwurzelt.

Schließlich packte mich Rodeo und holte mit der Rechten aus. Offensichtlich wollte er mir einen Faustschlag verpassen. Ich griff den Zeigefinger seiner linken Hand. So wirbelte ich ihn mit dem Schlangenhals-Wurf durch die Luft. Wwwummm. Er landete auf dem Bauch, mit dem Gesicht im Dreck.

„Auahhh", schrie er. „Lass mich los! Du brichst mir den Finger!"

„Alles, was ich will, sind meine Schuhe", sagte ich.

„Ahhh", brüllte Rodeo. „Ja, kannst sie haben. Sind mir sowieso viel zu klein!" Dann streifte er sich die Air Cushion Pro Max von den Füßen.

Als Rodeo, Ramon und die 666er Jungs sich vom Basketballplatz verkrümelten, rief ich ihnen noch hinterher: „Und wehe ihr verjagt die anderen noch einmal vom Basketballfeld! Wenn ihr Mut habt, dann kommt her und spielt gegen uns. Ansonsten bleibt lieber dort, wo der Pfeffer wächst!"

Timmy und die anderen haben alles aus der Ferne beobachtet. Jetzt kamen sie angerannt und gratulierten mir. Klar, dass sie überbeeindruckt waren.

„Mann, Robbi! Du hast den Rodeo ja durch die Luft gewirbelt wie einen Turnbeutel! Du bist ja der Allercoolste!" Ich musste lächeln. Endlich hatten sie es kapiert. Und das ganz ohne die Air Cushion Pro Max.

Ich nahm den linken Air Cushion Pro Max und rannte zu der Hecke, wo ich gerade noch mit Meister Ming trainiert hatte. Der alte Treter mit dem Klettverschluss lag an derselben Stelle. Ich dachte, dass Meister Ming alles von dort aus beobachtet hatte. Aber der Schuh war leer. Meister Ming war nicht mehr da. Alles, was ich in meinem alten Treter fand, war ein winzig kleiner Zettel:

Ich habe an diesem Abend unter jedem Stein, hinter jeder Hecke und in jedem Schuh nachgesehen. Aber Meister Ming blieb spurlos verschwunden.

Meine Air Cushion Pro Max habe ich wieder. Doch die sind mir jetzt eigentlich pupsegal. Wenn ihr Meister Ming trefft, dann grüßt ihn bitte von mir. Vielleicht ist er schon auf der Suche nach einem neuen Schüler. Wer weiß? Könnte ja sein, dass er einen von euch auswählt.

Ich werde auf jeden Fall weiter trainieren. Und eines Tages bin ich sicher auch so gut wie ein richtiger Shaolin – oder besser: wie ein richtiger Turnschuh-Shaolin!

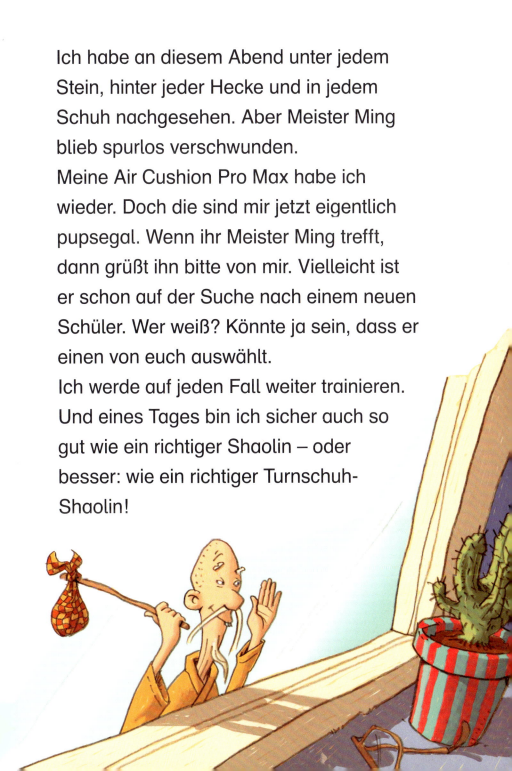

Glossar

Kung-Fu
Chinesische Technik der Selbstverteidigung

Air Cushion Pro Max
[sprich: Ähr Kaschen Prou Mex]
„Air Cushion" bedeutet „Luftkissen" „Pro" ist
die Abkürzung des englischen Wortes für Profi.
Und „Max" ist eine Abkürzung für „Maximum", also
„Das Beste, Höchste, Meiste")

Cool [sprich: kuhl]
Englisch für lässig

Aggressiv
angriffslustig

Meditation
Technik zur Entspannung

Visum
Genehmigung zur Einreise in ein Land

Tortur
Qual

Podest
Erhöhung

Präparieren
vorbereiten

Boje
schwimmendes, fest verankertes Leuchtzeichen auf See für Schiffe

Kompliment
Schmeichelei

Loser [sprich: Luhser]
Englisch für Verlierer

Torero
Stierkämpfer

Checkliste

Die wichtigsten Fragen zur Geschichte:
Wer · Was · Wo · Wie · Warum

Wie heißt der Mini-Mönch?
- ☐ Meister Ming   **S**
- ☐ Meister Ping   **T**

Warum lebt er in einem Turnschuh?
- ☐ Er sucht einen Schüler   **A**
- ☐ Er sucht ein Zuhause   **R**

Wer klaut Robin die neuen Schuhe?
- ☐ Consti   **M**
- ☐ Rodeo   **L**

Worin sperrt Robin den Mönch ein?
- ☐ In einer Schachtel   **E**
- ☐ In einer Flasche   **I**

Womit besiegt Robin seinen Gegner?
- ☐ Mit einem Wurf   **N**
- ☐ Mit einem Trick   **P**

Lösungswort:

	H		O			

Alle Fragen richtig beantwortet?

Dann ist es Zeit für die Rabenpost.
Wenn du das Lösungswort herausgefunden hast, kannst du tolle Preise gewinnen!

Gib es auf der Leserabe Website ein
▶ www.leserabe.de
oder mail es uns ▶ leserabe@ravensburger.de

Ravensburger Bücher

Lesen lernen mit Spaß!
In drei Stufen vom Lesestarter zum Überflieger

ISBN 978-3-473-**36449**-7

ISBN 978-3-473-**36437**-4

ISBN 978-3-473-**36462**-6

1. Lesestufe

ISBN 978-3-473-**36465**-7

ISBN 978-3-473-**36440**-4

ISBN 978-3-473-**36441**-1

2. Lesestufe

ISBN 978-3-473-**36456**-5

ISBN 978-3-473-**36442**-8

ISBN 978-3-473-**36455**-8

3. Lesestufe

www.leserabe.de